行走

獨處的實踐

龍應台

目錄

在

我真的被綁架了。

被網絡綁架了。

在網上讀新聞、查資料、看論文、跟一百年前或一千年前的人激盪思想。在書房、在客廳、在咖啡館、在辦公室，和認識或不認識的、一公里外或一千公里外的人商量、討論、溝通。在廚房、在床上、甚至在浴缸裏、在洗手間裏，和家人、親人、朋友、熟人做親疏遠近不同層次的問候、交流、分享、回應。

我很忙。

那表面上宅在家中、深居簡出的人，那外人眼中樸素獨居的人，他的人際網絡其實密密麻麻，沒有空隙。他的時間，永

遠在「忙線中」或是「正在鍵入……」

　　如此超高濃度、超大密度的相濡以沫，在網路興起之前，是不存在的。一個人說要入山閉關，他大概就真的可以與世隔絕，缺月掛疏桐，靜聽松子落。現在，海外孤島、深山古剎也有網路穿透，網路穿透之處，就是眾聲喧嘩之時。

　　深山獨處，孤島離索，若是網路隨身，其實就是行李中裝了重重罣礙，與滾滾紅塵一同上路了。

　　何況所謂獨處，不在於身體是否單獨，而在於心靈是否誠實地閉門，獨對內在。

　　獨對內在，也不見得是密室的靜坐冥想，真正的課題在於，我心是否獨對宇宙萬物、人間眾生，是否一行一止之間覺醒、一聽一聞之時淡靜，是否無時無刻不

在與身體裏頭那個孤獨的「自己」沉潛同行。

　　是的，有一個「自己」住在我的身體裏面。

　　可是對外的那個我，每天的每時每刻都是忙碌的。

　　這意味着，我的生活被外在世界揪着旋轉，我的思緒繞着他人為中心。

　　每天與全世界來往互動，對那個自然內在的「自己」，卻找不到時間傾聽，挪不出空間對話。

　　時間久了，甚至忘了，他在。

　　離開一個光影溶溶、歡笑連連的聚會，走在驀然冷清黯淡的街頭時，就在風的蕭然而過裏聽見「自己」微弱的聲音：

　　親愛的你在哪裏？

　　如果人生是一個座標，縱軸是空間，

橫軸是時間，那麼，生命的此時、此刻，你正在哪裏呢？

我哪知道我在哪裏。「在」是個甚麼意思，都來不及想。

可是，這麼停留在意識淺層的日復一日隨波浮沉，總覺得腳不着地……

有約

把「自己」從網絡的黏着裏找回來，困難嗎？

新年新願望，立志行走。

行走，就不會是觥籌交錯的時候。

行走，就不會是把心分給他人的時候。

行走，就不會是掛在網上、陷入其中的時候。

即便是熙攘擁擠的市集，只要是行走，也是我帶着「自己」在熱的喧鬧中以冷靜聽、靜觀、靜思，更何況是行走山中野路，明月照亮青苔，溪水攪動碎星。

只要行走，就一定是我的身體和我的

「自己」單獨有約。

行走是獨處的實踐。

新的一年，無論如何忙碌，每天行走，而且行走時，全神貫注，心無罣礙：

☐ 1. 走一條沒走過的路

☐ 2. 去菜市場，跟十個人說話

☐ 3. 去墳場走走

☐ 4. 在路邊一棵樹下，坐着

☐ 5. 找到沒有光的地方

☐ 6. 了解一種作物

☐ 7. 走進一方田

☐ 8. 跟着水聲走

☐ 9. 了解一種動物

☐ 10. 了解一株樹

☐ 11. 發現一件驚奇的事

☐ 12. 認識一個從前不認識的人

☐ 13. 去一個沒去過的村子

☐ 14. 跟着一條溪，往上游走，往下游走

☐ 15. 問一個從前沒想過的問題

☐ 16. 親手寫封信，走到郵局寄出

☐ 17. 踏入一片空曠田野

☐ 18. 進入一片森林

☐ 19. 窗口有一隻貓，凝視

☐ 20. 斷網，坐在黑暗中，看

插秧

從黃昏市場走到溪畔，沿着溪水往南走，過橋，看見一片水稻田。四公里半。

田裏水光漣漣，田邊一整排刺桐樹。

一月二十日，節氣「大寒」。「大寒」之日，氣溫二十六度。應該三月才開花的刺桐，暖得忍不住，全面奔放，滿樹豔紅。

氣候再怎麼亂，該插秧的日子還是要插秧。

插秧機在水田裏來來回回忙碌。老農捲起褲管，兩腳深深陷入爛泥，腰彎得很深。

一隻雪白的鷺鷥展翅飛進田裏，降落在老農面前，看老農直起身子，摘下斗

笠，當作風扇搖了搖。他皮膚墨黑，皺紋很深。重新戴上斗笠，拔出陷在泥地裏穿着塑膠長統靴的腳，扛起工具，艱難地走向轟隆轟隆的插秧機。

今天霧霾嚴重，達紅色警戒，下午三點的陽光，無法穿透霧霾厚層，蒼白的碎光閃爍在秧田裏。

掏出農民曆。水田邊刺桐樹下看老農工作，證實了這個在地行事曆的真確。二十一世紀，森林燃燒、大水滅村、颶風毀城、海水上升，末日景象不斷，農人卻依舊在「大寒」的這一天，下田插秧，一日不誤。

飯桶

如果在清晨四點醒來？周邊被黑籠罩。

何不索性到無人的大街上去看大山第一道曙光。

藍色的濃雲簇擁山峰，山峰上乾淨的天空裏，昨夜的星星仍然閃爍，大顆大顆的像蓮霧一樣可以伸手握住。小鎮安靜，和星光用一個節奏呼吸。

穿上球鞋，走向早市，兩公里。

飯糰攤掛着一盞燈，米香濃濃盪向街心。

一隻圓肚大木桶，被米香薰熟。婦人想必用這個木桶養大了孩子。

　　攤上擺着小菜：榨菜、魚鬆、肉鬆、
柴魚、海苔，清清爽爽一字排開。然後你
看見那雙勞動者的手，把雪白晶瑩一小團
米飯放在套着透明塑膠手套的手掌心上，
撒上各式小菜，手掌合攏，搓之揉之，溫
軟成糰。

　　幾個排隊的客人也是鄉村的勞動者。
放下三十五塊錢在一個鐵盒裏，接過飯
糰，跨上機車，戴上頭盔，風塵僕僕上工
去了。

　　正要轉身離去，婦人遞過來一小包油
飯，說，「新做的，吃吃看。」

　　一旁沉默坐着看她忙來忙去的丈夫
突然開口：「伊四點起來煮的，最好的

米。」

　「你吃辣嗎？」婦人問我。

　她指指屋簷下一株紅豔欲滴的辣椒，
「要不要摘幾顆鬼椒回去種？」

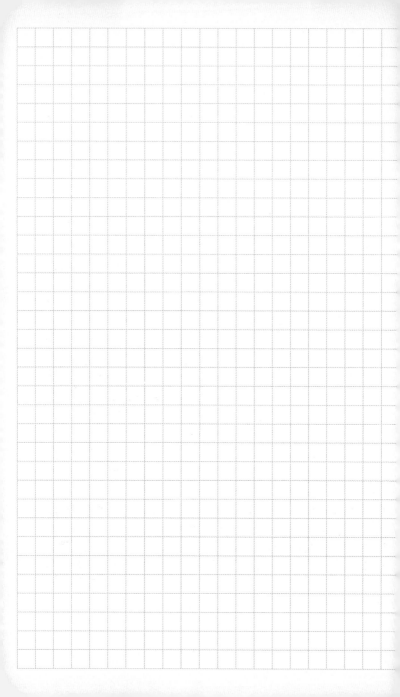

天堂鳥

五公尺，飯糰攤對面是賣天堂鳥的女人。

她從部落把花運來市場，放在一個大號塑料水桶裏。在鄉間，花兒都是裸的，沒有一層一層的包裝。三枝五十塊，六枝一百塊，用一張不知何年何月的舊報紙意思意思一下，塞給了我。

懷抱着一束花像懷抱着一窩彩色鳥，往山的方向走去，聽見她對着我的背影說：「天堂鳥，一年只開一次花。」

大悲

往西走五十公尺，苦楝樹下是大腸麵線攤。

她正低頭舀麵線給客人，我站在熱氣滾滾的大鍋旁，等她抬眼看我，「一碗麵線。」

把天堂鳥擱在桌上，冒着熱氣的麵線端上來。奇豔的天堂鳥就該配大腸麵線。

客人走了，我說，「來跟我坐一下吧？」

她拿着一塊抹布傍着我在櫈子坐下，拂了拂垂在額前的白髮。

「賣水果的跟我說，你有個佛堂？」

她點點頭。

「所以，你早上賣麵線，晚上？」

「晚上喔，活的人要消災祈福，死的人要普渡誦經。」

「死的人？」

「死的人，」她不自覺地用抹布擦著本來就很乾淨的桌子，「都在啊，香蕉園、檳榔林、鳳梨田裏，山上海邊，跟你跟我是一起作夥的。」

「為他們誦甚麼經？」

「觀音大悲懺。」

「大 悲 懺 —— 唸 一 段 給 我 聽 可 以嗎？」

「……我此香花徧十方。以為微妙光明臺。諸天音樂天寶香。諸天肴膳天寶

衣。不可思議妙法塵。一一塵出一切塵。
一一塵出一切法……」

　　「再給我一碗肉羹帶走吧。」

美長肥好

到種苗行，經過福德祠和飼料店，三公里。

請問，今天沒有芭蕉樹嗎？

歹勢沒有耶。芭蕉苗還太細小，你買芭樂樹好不好？我這棵芭樂長得不壞，你看看。

我是要種芭蕉，芭蕉葉聽雨聲，芭樂樹不行吧。那芭蕉樹甚麼時候有呢？

下禮拜。等它長得更大一點。

多少錢一棵？

兩百塊。

好，那我先付錢，芭蕉長好以後，送到我家，可以嗎？不遠，從你這裏往山

的方向走四百公尺，左手邊籬笆有炮仗
花開的那一家。

　　可以。

　　芭蕉葉子美嗎？

　　美。

　　長芭蕉？

　　長。

　　芭蕉肥嗎？

　　肥。

　　樹形好嗎？

　　好。

苦瓜

　　從種苗行走到菜攤集中處，三百公尺。

　　市場很擠。摩肩擦踵的，必須側身行走，在人體和人體之間擠着穿梭。騎摩托車的婦人們技術精準，眼看就要撞上，車輪幾乎要輾過你的腳趾頭，她們卻可以在半秒之內戛然而止。

　　和賣鴨肉的人討論要買一隻還是半隻、鹽水還是香酥，問他的鴨子來自哪裏，同時「自己」的眼睛，一旁注視；隔壁雞肉攤上一整排新鮮雞腳，一隻爪子有四個張開的腳趾，前三後一，三大一小；鴨肉攤上整齊的一排鴨頭，有一個鴨頭擺

反了方向：鴨肉攤後面那個賣油飯的老人家。右手大拇指的指甲有一塊瘀青。

我是一條游泳的魚，可以看見墨綠的海水、海底漂搖的海葵，還可以看見自己背上的鰭、腹部發光的細鱗、尾巴擺盪而推出的水的紋路。

一個年老的婦人，帽子和臉罩把頭臉整個蒙住。嚴重駝背，彎腰走路，手裏提着幾袋沉重的菜，邊走邊沙啞叫賣：三十塊！三十塊！一袋三十塊！

如此人潮洶湧的早市，姐妹啊，你怎麼會用這個方式賣菜呢？

嘈雜中沒人聽見她的叫賣聲，而且，

當她因為提不動而把東西放在地上開始招客時，後面攤子的人就嘟着嘴來請她移開了。

上前跟她買了一大袋，沉沉的，打開看，是幾個肥大的苦瓜。

「你的菜田在哪裏？」

「山上，」蒙着臉的聲音有點聽不清楚，「部落裏。」

市場裏看不到孩子。這裏快變成一個沒有孩子的地方了，但是不上學、不頂嘴、不跟你要錢、不傷你心、永遠熱切等着你的毛孩兒很多。一隻雪白的小狐狸狗，頭上紮着紅辮子，立在一輛機車的前座，兩隻眼目不轉睛深情盯着他的主人。

他的主人，一個臀部特別豐潤龐大的女人，正在一個衣服堆積如山的攤子上翻來翻去。堆積如山的是一百塊一件的塑身

內衣褲。攤子後面正在叫賣的中年女子，身上穿着正在賣的胸罩和內褲，像個色情表演場所的江湖女郎，可是一臉純真，帶着甜美的笑容，手裏拿着擴音喇叭，用設法蓋過隔壁正在叫賣童裝的音量吼着，「姊姊，相信我，穿了這個你的腰一定會瘦兩寸。你的屁股也會夾緊，不信我的屁股給你摸……」

豬 腳

　　走一百公尺，豬肉攤就在一株巨大的合歡樹下。

　　卡車上鐵鈎掛着各形各狀的肉，木板上擺着一塊一塊的肉。對每一塊肉我都問「這甚麼肉」、「一斤多少錢」。

　　他剁肉的手，剁剁剁剁剁，沒停，看我一眼，語帶調侃：「很少出來買是不是？」

　　「這甚麼肉？」指着木板上的一塊。

　　「夾心肉。」

　　「怎麼寫？夾到手的夾？心痛的心？」

　　「不是，嗯⋯⋯」他想了一下，「應

該是甲乙丙丁的甲。」

「喔……甲心肉；甲心肉是哪裏的肉？」

「呃……怎麼講──就是前腿肉。」他用拿刀的手碰了一下自己的右腿。

「那跟心有甚麼關係，甚麼夾到甚麼……」

有顧客來了，暫時不再理我。

好吧，抄下來：

甲心肉 一斤 125 元

排骨肉 一斤 120 元

梅花骨 一斤 110 元

松阪肉 一斤 280 元

「松阪肉是哪裏的肉？」

他的手仍舊拿着刀，刀上手上都是粉紅色黏黏糊糊的肉屑；用手臂碰碰自己的臉頰，説：「這裏。」

「喔，」我説，「松阪肉就是臉肉。」

小里肌 一斤 140 元

大里肌 一斤 130 元

我說：「這條掛着的豬腳一斤多少？」

「八十。」

想問為甚麼豬腳比別的部位便宜，但是他恐怕已經開始嫌我煩了。

「那……豬腳我買一半。」

他哈哈哈大笑，在我看來非常誇張的大笑，「豬腳沒有人在買一半的啦。」

「嘎——為甚麼？一個人吃不完啊……」

早上十點，抱着一條完整豬腳走路回家。

小鎮下着薄薄的雨，但是薄薄的陽光也從山那邊照過來了。陽光照出一條一條透明的斜斜的雨絲，跟冬粉一樣。

08

雜草

走到墳場，三公里半。中途看到一片
豔紫荊樹林，折進去，曲折小徑上滿是粉
色的落花，流連一陣子，五公里半。

早上八點的南方陽光，有一種蓄意
要把你蒸熟的炙熱。路兩旁是熱帶雨林草
莽，覆蓋着一叢一叢突起的老墳。連下四
天暴雨，草木糾纏怒長如巨大野獸，蓄滿
了水的土地像狗舌頭一樣在陽光下大口喘
氣，釋放叢林深處強烈的原始氣味。

一大群蜻蜓，帶着透明的翅膀，在天
空放肆穿越。濛濛大山在他雕花的翅膀後
面若隱若現。

就這樣欣欣然走在叢林腋下濃烈的體

香裏。

很多殘破的墳，斷碑字跡已不可辨。垮下去的是墳坑，紫色喇叭花一路開到坑底。鬼針草黏滿了我的褲管。

雜草是最後的統治者，消滅一切記憶。

想起《傳習錄》的「侃去花間草」。

有一天學生薛侃除草除了大半天，滿身大汗很厭煩，就一語雙關挑戰老師王陽明：「天地間何善難培，惡難去？」

老師說，「未培未去耳。」

薛侃說聽不懂，老師再言：「天地生意，花草一般，何曾有善惡之分？⋯⋯」

薛侃抓到機會就不客氣了，說，「草既非惡，即草不宜去矣？」

老師更高一着，說，「此卻是佛老意見。草若是礙，何妨汝去？」

天地生意，花草平等，所以雜草，可除。

可不除。

09

玉米田

離開了荒野墳場小徑，前面突然開朗。

東非馬達加斯加島上有一種樹，葉子小片小片的，細看葉形，是一把大提琴。結出的果子是嫵媚的杏仁模樣。枝葉一層一層展開，像芭蕾舞伶的繡花蓬裙，也像一把俏生生的巴黎陽傘。

如此風姿綽約的樹，一九七五年引進，叫做細葉欖仁。

這條沒走過的路，兩側種着細葉欖仁，樹冠相互交握成一長條濃蔭帳篷，陽光穿過葉隙，在地面射出一片繽紛搖晃的圈圈。老狗懶散跟隨，提腳、落腳、提腳、落腳，吸氣、呼氣、吸氣、呼氣，韻

律剛好落在光圈和葉影互動的節拍之間。

樹下有一張長櫈，坐下。一本書放腿上，讓風翻頁。

仰臉感覺陽光在眉睫，聽見一種簌簌聲響，波浪般隨風推移過來。

這時，不要回頭。

給自己的耳朵一個機會，低頭深聽問「自己」：你說這是甚麼聲音？

風吹。

風吹稻穗？

不是，是風推葉群。

甚麼葉？針葉？細葉？闊葉？蕉葉？椰子樹像窗簾掛穗的長葉？

一定是闊葉，因為那風是用力的，那葉子和葉子相互的拍打和推擠是粗獷的⋯⋯

回頭看，原來長櫈後面是一片瀰瀰玉

米田。玉米株有兩公尺高，闊葉灑脱地張開，相互推擠。梗腋抽出新成的玉米，露出細嫩的幼穗。

風隨興過路，像情人的手穿過長髮。風過路玉米田，玉米闊葉嘩啦啦一陣愉悦的響聲。

兩輛機車一前一後從面前經過，在右前方突然停下。一個人向我走來，手裏提着東西。

這人身上的夾克沾滿斑斑點點的蕉汁，顯然是位蕉農，剛從蕉園割蕉回來，路過，看見樹下一個坐着翻書的人，停車，從機車踏腳處的籮筐取出剛剛割下來的幾串香蕉。

「這種香蕉特別甜，」他説，「送給你。」

三大串青色的香蕉，割處的汁還沒乾。

「你把這些青蕉放進一個塑膠袋，然後放進一粒蘋果，密封，幾天就熟。」

「放一粒蘋果？」

「對，蘋果會催熟香蕉。」

另一個人找來一個塑膠袋，彎腰仔細把青蕉包好，「不要弄髒了衣服，蕉汁洗不掉的……」

坐在細葉欖仁樹下，懷裏一大包氣息新鮮的香蕉。玉米田的風聲舒暢。

10

流星

　　暮色漸漸濃，走到溪畔，兩公里。但是要找到一個沒有光的地方，沿溪尋了四公里。

　　路燈，到處是路燈。要找到沒有光的地方，竟如此困難。

　　遠眺，譬如大海航行，需要星光指路；近看，譬如紅塵夜行，靠的卻是路燈。

　　習慣路燈指引的人，失去遠眺的能力。

　　如果沒有黑夜，這個世界會多麼咄咄逼人。

黑夜裏，露水沉靜，草葉凝神，蚯蚓感覺泥土鬆軟，青蛙傾聽夜風徐徐，含羞草悄悄闔上。檳榔樹上的小碎花，不聲不響，香氣瀰漫野徑。

流星劃過，是一抹飄忽的光。

可是，那真的是流星嗎？

一九五七年到今天，人類總共發射了五千兩百五十次的衛星。在我溪邊凝視星空的此刻，天上就有兩萬三千個「東西」不停地繞着地球飛，其中一千兩百個是正在運作的衛星，其他，都是廢棄了的發射物，就是「太空垃圾」。

這些垃圾還會裂解，所以當我沉醉

於檳榔花與青草香氣的原野考慮要不要對着流星許願的時候，星空裏其實飛着一億六千個一毫米大小的衛星碎片。

如果用蜘蛛絲搭起一座柔韌的天梯，如果我把鋪在原野上的這張厚毛毯裹在身上，攀着天梯往天空直走一千公里，我會碰到這一億六千個太空碎片。他們會用一小時四萬公里的速度跟力道，射向我⋯⋯

11

青葙

經過大樟樹下的土地公廟，是一片平野。在河的北岸走兩公里，過橋，走南岸，回走三公里處有一片高大的桃花心木森林。

毛毯鋪開在雜草上，躺下來，酸酸的青草氣息在鼻尖流動。桃花心木的葉子在秋天一片絳紅。

知道不遠處大山裏有野豬遊走，不遠處大海裏有鯨魚路過，很好。

白天時走過，知道這片溪畔草地大致是兩種雜草，矮的是紫花藿香薊，高的是青葙，粉紅色的花像一盞一盞蠟燭，是野生的雞冠花。

當人不認識藿香薊也不認識青箱的時候，就叫它草。

當人不認識而且不喜歡的時候，就叫它雜草。

凡事一旦知道它的名字，就改變了你跟它在宇宙裏的關係。

絲瓜

院子裏培土、剪枝、除蟲、掃落葉，來回走五千兩百步。

雲，夏日趕集綿羊似地聚在一起，濃濃稠稠到實在憋不住的時候，就急奔成雨，對着山頭傾盆而下。

雨勢稍歇，巡視菜園。

三個月前在市場買了一株瘦小的絲瓜苗。隨意種下。瓜苗旁還種了兩株檸檬、一株杧果、一株荔枝。

懂農的朋友故意訕笑：你種的不會活啦。

我自卑回說：沒關係，反正種種看……

過了三個月，果樹確實如預言，一

點動靜都沒有。用愛的眼睛去灌溉顯然沒用。

絲瓜卻極盡放肆。瓜葉大把大把展開，陽光下亮得招搖，綠得奪目；帶毛帶刺的鬚藤又粗又長，以動物的生猛擴張，一眨眼已經盤據了整個瓜網。

雨後巡園，赫然見瓜──根本沒見它開花，沒見它結果，怎麼突然出現一個形狀像炸彈、大得像豬的瓜，就在眼前？

愣住了。

怎麼回事？這哪是絲瓜？難道閃電雷擊，會讓絲瓜變異成別的瓜嗎？

是胡瓜嗎？它比胡瓜大一倍。

是冬瓜嗎？它比冬瓜短一半。

是南瓜嗎？它比南瓜長一截。

是西瓜嗎？不會吧。

是苦瓜嗎？

怎麼看，就不是絲瓜。

冬瓜

　　從院子裏的絲瓜棚走到老農的冬瓜田，七公里。

　　中間要走過兩條高速公路的橋下，還要越過一條溪。越溪走舊橋最好，站着橋中央往下看溪水，溪床長滿了藿香薊，一片淡紫，中間點綴白，是鷺鷥。

　　像頭豬那麼大的絲瓜，越來越大。

　　農友試圖「隔空抓藥」為我鑑定：

　　你去看瓜皮有沒有細毛？

　　有。

　　瓜皮有沒有一層白白的膜？

　　有。

　　那就是冬瓜。你買錯苗了，那不是絲

瓜，是冬瓜。

認識冬瓜，必須去冬瓜田。

往冬瓜田的路上，發訊問一個懂吃的
學問家：

冬瓜田採瓜，一冬瓜可食數月，煮湯
之餘尚有何烹法？

他回應：

紅燒清蒸兩相宜。煮鱉最佳。

冬瓜煮鱉？想起來了。

張景和宋仁宗之間的對話，像極了今
天的簡訊來往。

張景堅持不仕，宋仁宗召見，問他：

卿在江陵何處居？

張景住在荊州虎渡河畔，回說：

兩岸綠楊遮虎渡，一灣芳草護龍洲。

他其實是在對京城中人炫耀自己鄉野

疏曠的活法。

仁宗果然嚮往，緊接着問：

所食何物？

張景答：

新粟米炊魚子飯，嫩冬瓜煮鱉裙羹。

冬瓜確實是煮鱉的。

莊子秋水的東海之鱉，曾經對小蝦小魚說明「海」是怎麼回事：「千里之遠，不足以舉其大；千仞之高，不足以極其深。」

鱉可是巨齡老僧，拿他來煮冬瓜？

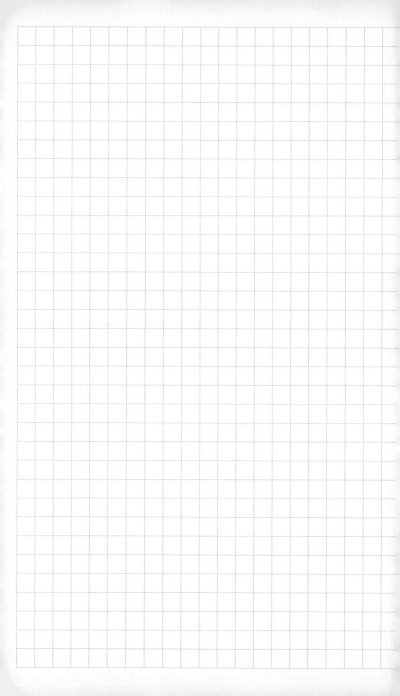

臥豬

五公里處，嗅到濃郁桂花香，原來走到了一個桂花園，桂花園的老農正在園子裏餵雞，幾十隻羽毛豐美的雞在桂花樹下或啄或飲、或走或臥。

「都是蛋雞嗎？」

「是呀。」

「可以賣給我兩隻嗎？」

「不行不行，」阿伯懷裏抱着一盆飼料，向籬笆外的我走來，語帶歉意，「蘆花雞我自己都不夠，不容易買到哩。」

再前行，經過一個檳榔園、一個滿池殘荷的水塘，在一株杧果樹右轉，就到了晨光下的冬瓜田。

實在嚇一跳，瓜的巨大，彷彿是遠古

記憶的復活，巨獸、巨魚、巨果、巨樹，都帶着洪荒初始的基因，使人自覺渺小。

滿懷敬畏看着田裏七橫八豎的冬瓜——冬瓜身形臃腫憨厚，像吃得太飽、趴着睡的豬。

跪在沙地裏，細看冬瓜皮的紋路。瓜皮由三種顏色組成：第一層是沼澤綠，上面潑了星星點點的白，斑駁交錯鋪成底色。然後是海藻色的濃綠，一滴一點灑在底色上，像無數隻綠皮青蛙在積水的沼澤裏游泳。冬瓜皮竟然是如此複雜又細緻的圖案。

原來，說人家「臉綠了」，其實有古典出處。清代李伯元《官場現形記》寫「何藩台聽了這話，氣得臉似冬瓜一般的青了」。所以古人是仔細端詳過冬瓜的。

冬瓜甚麼顏色？不是一個簡單的「青」，而是……斑斑點點、奇青怪綠。

　　《金瓶梅》的作者顯然知道冬瓜皮的顏色。丫頭玉簪兒，說是愛「抹胭擦粉，作怪成精」，穿着一套「怪綠喬紅」的裙襖，「在人前好似披荷葉老鼠」。臉上「擦着一面鉛粉，東一塊白，西一塊紅，好似青冬瓜一般。」

　　一整片田，從田頭走到田尾，規規矩矩形如臥豬的瓜固然居多，也是市場常見的，但是歪脖子、扭肚子、頭腫身瘦怪形怪狀的「大醜瓜」還真不少。有一顆幼時被雜草纏住，平白長出一個細脖子來，像個垂頭喪氣的外星人；有一顆扭成環狀，像一圈機艙頸枕。

　　醜瓜賣不出去，於是專挑醜瓜，帶回家置書桌，當雕塑看。

15

主人

　　到山溝那邊的高麗菜田，七公里半。走了一小時五十五分鐘。

　　聽説高麗菜又價崩了，菜農僱不起人工，要人們自己到田裏去收割，一棵菜十塊錢。

　　「我們去採一簍高麗菜分送朋友吧……」

　　帶着一把鏽得破了口的鐮刀，找到這片菜田。陽光酥軟，清風和煦，高麗菜田上一片粉蝶翩翩。

　　蹲在田裏採割了十七「朵」厚實的高麗菜。菜葉層層，由深綠、蒼青、粉綠到蛋白，打開外葉，就看見菜葉裏的蟲。蟲

多，告訴你這兒沒有農藥。故宮的玉白菜上還雕了兩隻蟲，蝗蟲和蟈蟈，百年來人們說它代表多子多孫的祝福，現在看來，竟是「有機永續」的意思。

抱着高麗菜找到老農，老農名字叫「主人」。二分四的地，大約兩千多平方公尺，種下六千五百棵菜；尋常時光，收成之後他用鐵牛車把菜載到市場叫賣，一棵菜若是賣二十塊錢，他可以賺十一塊。

「現在我到你的田裏割下每一棵十塊，那你可以賺幾塊錢呢？」

主人搓搓手，「今年，你給我十塊，我大概賺到一塊。」

他總共耕五分地，一半是租的，年租

三萬。種菜收入不好的時候，他說，一個月大概只賺到五千塊台幣。

耕耘兩個月，主人掙得六千五百塊台幣；昨天從北到南一張來回高鐵票，兩千九百元。

那怎麼過日子呢？

他咧嘴笑了，遞給我一張名片。主人必須「斜槓」，在務農之外，是個泥水工，到建築工地做粗工，幫人買賣賽鴿，也為死人做墳建墓。

「只靠種田，活不了的。而且現在年紀大了，種田、做工，都腰痠背痛……」

買了高麗菜和紫得發亮的茄子，臨走，他趕過來，塞給我一包煮熟的「糯米玉米」，還有一顆像籃球那麼大的、裂開的高麗菜。

他叮囑，「以後到市場買高麗菜，就要挑裂開的，因為裂開的高麗菜才是最甘

甜的，懂行的人才會買。」

　　他雙手捧着那顆破裂的、巨大的高麗菜，好像手裏捧着一個嬰兒。伸出雙手接菜的時候，低頭看見他的手和腳。他的手，沾着土，手掌滿是舊的傷痕。他的腳，赤腳，裹着一層厚厚的乾掉的泥巴。

16

紅豆

從先帝廟經過二溝水，走到頭溝水，再折回公路，到達鐵軌旁的紅豆田，走走看看三小時，大約七公里。

並排兩塊田，一塊田已經收割，一塊田等着收割。

收割後淒清寥落的紅豆田裏有個婦人蹲在地上工作。戴着帽子，弓着背，荒地裏一伏一起，是秋收拾粒的背影。

我走在兩塊紅豆田之間，窸窸窣窣，一會兒鞋子裏全是沙。

「你在做甚麼？」

「他們收割以後紅豆掉滿地……」她抬起臉，是一張憂愁的面容。

等着收割的另一片田，枝葉盡枯，豆莢因飽滿而綻開，露出口紅般溫潤、愛情密碼似的豆子，散發一種溫暖、熟透了的光澤。

往回走，看見田埂邊一個中年女人，正在親暱地跟她肥胖的鬥牛犬說話：「怎麼不聽話！你十九歲了，那邊的草叢不要去，有蛇⋯⋯」

「她很可憐，三個兒女，沒一個好⋯⋯」

原來是在對我說話，她指的是田裏撿紅豆的婦人。

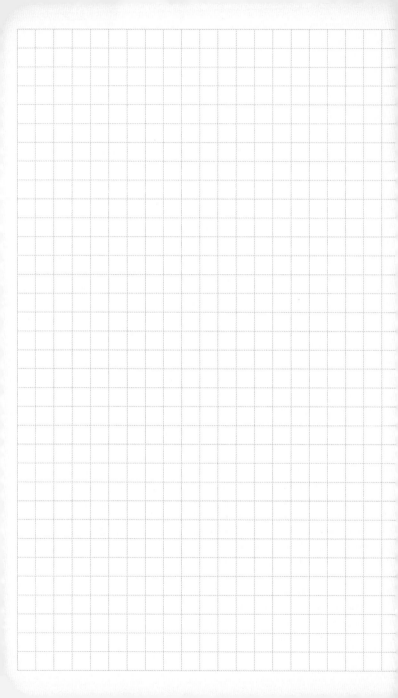

「兩個女兒在酒家陪酒，一個兒子嗑藥，七十多歲了還要去大賣場做清潔工⋯⋯」

「紅豆田是你的？」

「是啊，」她摟着鬥牛犬的大頭，「問我可不可以去撿剩下的紅豆，我當然說可以。」

成熟待採的紅豆田，美得沉甸甸的，但是蕭瑟離索。

17

大宴

從瑜伽教室的巷子走到溪畔堤防,六公里。

這個島嶼,有 9,293 公頃的毛豆田,11,193 公頃的西瓜田。

走在毛豆田和西瓜田之間的沙路上,左邊是毛豆,右邊是西瓜。

時走時停,有時踏進田裏,蹲下來仔細比較毛豆葉和西瓜葉的紋路和色澤。然後又回到路上遠眺,測驗自己是否能從遠距離分辨得出毛豆田和西瓜田的「造型」差異。

欒樹的黃花已殘,吐出緋紅色的莢果;風從山那邊徐徐吹過平原,莢果一陣

一陣晃盪，滿樹鈴鐺。

突然聽見隱隱流水。

跟着水聲走。

還沒找到水聲來處卻抬眼看見不遠處滿天飛鳥聚集，異常聒噪。整個天空是安靜的，只有那一小塊天聚滿了鳥兒，密密麻麻一片黑，好像天空廣場在那兒辦婚宴大餐。

為甚麼？

不急，先停住腳步，仰臉看那一團奇異的盤旋聚集，心裏浮上來一個千年遙遠的聯想：

戰國時代，西元前二八四年，齊國即墨城被燕軍包圍。危急困頓中，守城的將領田單讓城內居民每天餐後把食物放在庭院裏攤開，這樣四面八方的鳥兒都知道了，成千上萬群聚在即墨城的上空，飛繞不去。遠處看來是神蹟異象，齊軍放出風

聲，説是神力站在齊國這邊了。燕軍心中
驚疑，齊軍人心大振。

此刻看到的這群飛鳥，不會無緣無故
聚在那一小塊天空——下面有甚麼？

繼續前行，水聲越來越清晰⋯⋯

看見了。

是一個巨大的鴨塘，幾千隻鴨子在玩
水，幾千隻動作齊一，跟着領頭的鴨子，
一起往左游，一起往右游，一起游過來、
一起游過去，像部隊移防一樣指揮調度。

池塘邊的飼料堆成一座小山，對着天
空大大地攤開，鳥兒大概幾公里外就可以
看到嗅到，透過秘密的傳訊系統，顯然百
里方圓內外的兄弟姊妹都呼喚來了。果然
是個大宴。

18

貓路

與貓醫生有約，今天換一條沒走過的路，九百公尺。

貓在提籃內，提籃在自行車上。提籃其實是個貓咪專用的軟轎，軟轎有個透明的窗，他像個出巡的縣太爺沿街往外看風景。

從家到貓診所，貓可以看見的是：

一、蒸餃店很多人排隊。一盒蒸餃三十元。整個店瀰漫蒸餃的氣味。

二、九十歲的修鞋匠坐在騎樓一張矮榶上，膝蓋頂着他的工具箱，面對大街。看起來他正在修補鞋子。可是他的手裏沒有鞋。他只是做出修鞋的樣子。七十歲的

兒子說，那隻修鞋箱子一直留在父親當年修鞋的騎樓下，父親坐在那裏，就覺得這世界一切依舊，連路過的貓，都覺得是他小時候餵過的那一隻。

三、一家麵攤，前面有隻很大的狗，身上一朵黑、一朵白，像隻縮小的母牛。大狗總是用斜眼的視角看貓走過。

四、十株散發香氣的檳榔樹。

五、檳榔樹群下有八隻大白鵝，脖子長長的，肚子大大的，永遠組成一個隊伍，巡邏社區，嘎嘎地叫，五條街外都聽得見，比垃圾車還響。

六、轉彎的地方有一家麵包店，甜甜的香味讓貓咪把臉緊緊貼到紗窗上，

張望。

　　七、有人在陽台上種木瓜，樹斜斜伸出陽台，木瓜可能會掉下來。

　　八、一個只穿一隻鞋的男人，頭髮很長，很髒，一團一團打結，坐在便利商店門口的椅子上，對所有經過的人歡快地揮着手臂，好像元首在接受群眾歡呼，認真回禮。

　　推着自行車，貓在前，人在後，就這樣一步一步走……

毛蟲

下雨。跑步機上走四千零二十步。

梔子樹開滿了花苞，油潤的白色花瓣
一層一層捲得很緊，但是香氣已經迫不及
待，從庭院一路香進書房。

早上起來一看，每一個花苞的頭都被
切掉一半，有整齊的切口。

駭然尋找兇手。

盯着樹枝上下偵巡好幾回，找到三條
肥滋滋的毛毛蟲緊貼着葉底，顏色與綠葉
融為一體，完全看不出來。

農人已經教過我：毒蛾的毛蟲可以用
剪刀腰斬。

進屋裏拿了把剪刀，把吃得太飽的毛

蟲攔腰剪斷——行刑時有點噁心，別過臉去看着旁邊的芭蕉樹。被我殺害的毛毛蟲瞬間化成一灘綠糊糊的黏汁。

連斬三隻，救了梔子花。

過幾天，突然有一隻鳳蝶飛進陽台，貓兒眼睛圓睜，翹起臉上所有的二十四根鬍鬚，被迷住了。

鳳蝶一頭栽進一朵怒放中的軟枝黃蟬，深深吸吮，好像一個小孩把整個臉埋進一個巨大的奶油蛋糕。

看着炫麗奪目的鳳蝶，一個不安的念頭興起：美麗的鳳蝶，不就是那毛毛蟲變的嗎？

歐洲不久前發佈了一個追蹤了二十七年的調查報告，說，從一九八九到二零一六年，德國六十三個自然保護區裏，會

飛的昆蟲少了四分之三。

蜜蜂、飛蛾、蝴蝶，不見了。

以前，開車南北走，到終點時，整個車窗密密麻麻都是撲死的小蟲，必須洗窗。現在，不管走多遠，車窗都是乾淨的。

地球上的昆蟲快要不見了。

而百分之八十的野花雜樹靠蜂蝶授粉，百分之六十的鳥兒需要昆蟲果腹。

昆蟲少了百分之七十五，因為大規模農藥噴灑，因為都市開發野地減少，因為氣候變遷不是太冷就是太熱，昆蟲走投無路。

未來的小孩將不認得蝴蝶、蜜蜂、飛蛾。

還有，因為我，拿起了剪刀。

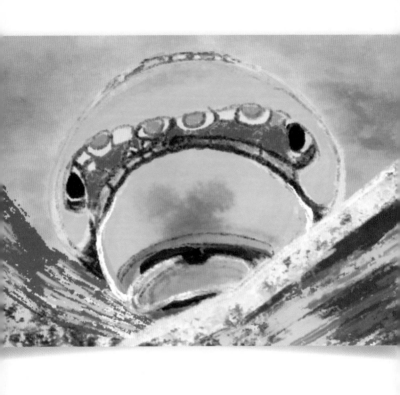

包子

去到飼料店，中途兩次右轉，一次左轉，二十分鐘，大約一公里半。

他叫包子，弟弟叫饅頭。饅頭總是趴在桌子後面，不想理人。包子不一樣，客人的身影在騎樓一出現，他就搖着尾巴趕到店前熱情接待。包子很胖，即使是「趕」到店前，也是屁股一左一右慢吞吞的。他是一隻鼻子扁扁、眼睛大大、臉頰下垂、滿臉皺紋又全身都是肉的牛頭犬。

包子的主人，是個壯碩的漢子，問我：「雞嗎？這包，二十公斤，肉長得快。」

幹嘛，我瞪他一眼。

　　你會對來買狗飼料的狗主人說，「買
這包，肉長得快」嗎？你會認為人家養狗
是為了把狗養胖，然後殺了吃嗎？你會對
養貓的客人說，「買這包，肉長得快」
嗎？怎麼我說要雞飼料，你就認為我的雞
是拿來吃的？你會吃你家包子嗎？

　　「不要長肉的，」我說，「生蛋的。」

　　「喔，」他指另外一包，「三十公斤，
給蛋雞的。」

　　包子就站在一袋一袋飼料旁，睜着大
大的天真的眼睛，看着騎樓裏來來去去的
人，突然打了個噴嚏。

裂果

開車加走路，到東港，十八公里。到
枋山，三十五公里。到竹田，八公里。

東港採蓮霧，清晨六點已在果園，再
晚一點，太陽會曬得皮膚疼痛。

蓮霧皮薄，很容易挫傷，採收的時
候，要有一雙銳利的眼睛，透過果套的
「透明窗」看進去，判斷果子是否真的熟
了，決定這一串採不採收。剪刀在手，另
一隻手張開五指護着果串，不讓果子掉落
在地。飽滿紅潤的果子一旦碰破了皮，人
就不買了。

一簍一簍的蓮霧收回以後，依品質
和大小分類。坐在十五公分高的矮櫈上操

作，一個小時之後，發現兩件農民知道了
一輩子的事：

一，矮凳坐久了腰痠背痛。

二，採下的蓮霧百分之八十是裂果。
意思是，只能做成果乾，或者低價賣出。

他每天天還沒亮就去巡園到中午，下
午再去，入夜才歸。他認識每一株樹，甚
至於每一株樹上的每一簇花、每一串果，
像護着嬰兒一樣地終年照顧。

結果百分之八十是裂開的？

他平淡地說，「只要溫差大，裂果就
多，有時候百分之九十都裂了呢。」

到枋山看芒果，還沒成熟，但是在樹

與樹之間走一遍就明白了：有的樹，不開花就是不開花；有的樹，即便開了花，不見得授粉，不授粉就沒有果子。有的樹，授了粉、結了果，卻來了病害，炭疽病、白粉病攻擊不斷，幼果就蔫了、落了。那僥倖不得病害的，可能有蟲害。薊馬和蚜蟲愛吃芒果新葉嫩果。

「你看，」他指着樹上一片葉子，密密麻麻全是黑點。

「這是甚麼？」

「蟲卵。」

有蟲卵，果子也就夭折了。

到竹田採檸檬，檸檬有「身份證」，註明了出生地和成長方式，所謂產銷履歷。

還沒到，已經一路清香撲面而來，整片田野都散發着檸檬香。踏入果園，映

眼果實纍纍，樹枝被檸檬的飽滿壓得低低
的。陽光穿過葉片，一點一點的光，打在
檸檬上。

　　有些檸檬，長得豐碩，可是果皮粗糙
黑褐。

　　「這檸檬怎麼了？」

　　他無奈苦笑，「螨蟲，專門破壞檸檬
皮。其實果肉是鮮美多汁的，但是賣相搞
壞了，人家就不買了。」

22

鐵牛

　　下山回程走 185 縣道，從涼山瀑布經過萬金聖母教堂，過了 40K 之後進入岔路，下車隨興亂走，不知遠近，大概八公里。

　　往山的方向，走在一排台灣欒樹的樹蔭裏，出了樹林看見一株大榕樹，樹下坐着一個人，傍着一座土地公廟休息，走過去，在他的斗笠旁坐下來。

　　從榕樹下望出，一大片曠野。

　　「這個村子的？」

　　他笑着搖頭：「不是。」

　　指指停在小廟前的車，「太熱了，車跟我都歇睏一下下。」

　　空曠的田裏有一整列的女工，彎腰在

工作。她們都戴斗笠，頭臉手臂用大花紅布
嚴密地包裹着。遠遠看去，大山做為大佈景
是青灰色的，開闊的大地則是一層淺淺的
綠。女人的紅花布就在天和地之間匍匐。

「那是西瓜田嗎？」我問他。

「第一排是美濃瓜，其他都是西瓜。」

「你也種瓜？」

「我是開車的，」老農說，「我開車，
幫忙採收，運貨到市場。」

「她們在幹甚麼？」

「西瓜長到這個時候，她們應該是在
疏果。」

疏果，就是把不好的西瓜摘掉，讓所
有的營養都灌注到好的西瓜上去。

「那──一株西瓜藤，長多少粒西瓜？留下幾粒西瓜？」

「可能長七八粒，只留一粒。」

「摘下的醜瓜就丟掉嗎？」

「不丟不丟，」老農忙搖頭，「醃製西瓜綿，煮魚湯，好吃。」

「四十度，熱成這樣，她們為甚麼要在大中午工作？不能晚一點嗎？譬如三點才上田？現在田裏面恐怕有四十五度啊……」

「做田的都是女人，她們如果中午加緊做，那下午就可以早點收工回家煮飯了。」

所以下田做工也是她，在家煮飯也是她……

「那邊，」我指向南方，「你看那邊的鳳梨田裏，也好多婦女。她們在做甚麼？」

「採鳳梨苗。」

「鳳梨苗……。」

「鳳梨苗有很多種，從鳳梨頭上抽出來的叫冠芽，腋下的叫腋芽，還有吸芽、塊莖芽……」

老農知識豐富，對我的無知似乎不介意，那就再問。

「你開的那個車，叫甚麼車？」

「鐵牛車。」

鐵牛車是五十年前農村就用的，現在還在用？回頭看看他，粗糙黝黑的皮膚，滿臉勞動的皺紋。他的腳，也是勞動者的腳，腳板很闊，皮很粗。大概是七十多歲的人，那麼，他從二十歲開始駕鐵牛車，運送蔬果到市場，已經做了五十年了，同一輛車嗎？

「對啊，」他有點靦腆，「這台車是我老爸開過的呢。」

跟鐵牛車主道了再見，繼續往山邊走去。

23

朋友

　　到牡丹鄉，是七十七公里，但是我選擇先走九號公路到草埔，然後右轉走更小的山路，銜接曲折的深山公路199，在山裏九彎十八拐，最後才到牡丹鄉。總共大概是一百二十公里了。到了牡丹鄉東源村，把車子停在小學，開始走路。

　　已經是下午兩點，錯過午餐；小吃店全關，只有路旁茄苳樹下一個小攤，一個體態豐滿的排灣族女人正在高高興興烤香腸，三個穿拖鞋的男人圍着一張鋪着塑膠布的桌子，桌上幾罐台灣啤酒，兩碟小菜。

　　一輛卡車停在路邊，卡車裏掛着一條

一條生豬肉。

沒有第二張桌子了，好吧，就在他們對面的塑膠櫈子坐下，「跟你們一起吃？」

其中一人直接塞到我手裏一罐啤酒，「喝。」

另一人推過來一碟香腸，再推過來一碗白花花生切大蒜，「香腸不可以不配生大蒜。」

我猶豫了，待會兒要到太麻里見朋友，滿嘴蒜味啊？

「哎呦，」比較瘦的男人豪爽地仰頭灌下啤酒，抹抹嘴邊的泡沫，「你帶上幾粒，一到太麻里就要朋友也吃下去，這樣

大家都滿嘴蒜味，相抱都沒問題啦。」

這三人是朋友，一個從台南來，一個是屏東的平埔族，一個是恒春人。

三個男人，為甚麼會來到這深山部落的路邊攤相聚？

瘦瘦的那個恒春人，正在興高采烈談他的大陸旅遊：北京上海都去過了；黃山泰山也爬過了；九寨溝玩過了；今年七月要去內蒙古「把馬騎一騎，沙漠裏滾一滾」。

「是參加旅行團嗎？」

「不是，我們屠宰工會自己組團去的。」

屠宰工會？明白了。這個恒春人是賣豬肉的。他開着卡車四處送貨，這個路邊攤的排灣族女人是他的老主顧，今天是專程來送香腸的。每次來送貨，他就和幾個熟客在這裏快樂喝上一杯。台南人是排灣

族女人的姐夫，今天來探親；平埔族男人是楓港修理卡車的黑手，曾經幫肉販修過車，變成了喝酒的好朋友。

三人之一不知怎麼提到中國大陸戰機繞台灣飛的事，問那愛到大陸旅行的恒春肉販：「你不怕？」

他一口香腸一口大蒜一口啤酒，吃得正香，揮揮手說，「免驚啦。他們不會打啦。我們這裏是塊福地，這麼好的地方，他打，拿到甚麼？不會啦！他們不壞也不笨。」

排灣女人送來一盤炒山蘇，說，「好吃，趁熱……」

肉販拍着胸脯說，「我跟你說，像我，絕對不在香腸裏放不該放的東西。不賺不義之財，誠誠實實工作，開開心心生活，正當的人，沒有在驚啦！」

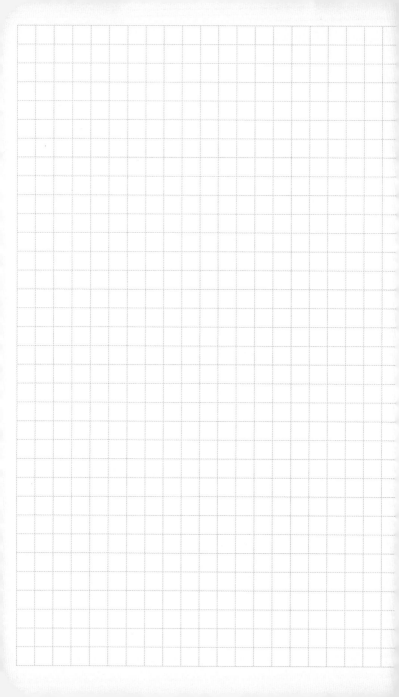

魚

到枋寮魚塭，五公里。

走過海堤，抽海水的管線密密麻麻一片，像無數的繩索把堤岸死死綑綁，觸目驚心。

走在魚塭和魚塭之間的土堤上，看見中盤商帶了漁工來捕撈養殖的鯝魚。

漁工跳進魚塭，水深到胸部。立刻開始拉起網，銀色的鯝魚像金屬片反光，在水面上翻滾。

魚塭主是個年輕人，站在堤上記帳。

「今天幾個漁工下水？」

「五個。」

「估計撈上多少？」

「應該有一千斤。」

「多少時間可以完成？」

「一個多小時。」

「工資多少？」

「三千九。」

「五個人分？」

「對。」

「誰支付工資，養魚方還是中盤？」

「養魚方，就是我。」

「然後他們再去下一個魚塭？」

「對。」

「養魚方」，是水產學校畢業、到台北闖蕩幾年之後又決定回鄉創業的年輕人，笑起來牙齒那麼白，才發現他在烈日下終日曝曬，全身都黑。

魚塭太貴，他說，一分地大概要一百五十萬，哪個年輕人買得起，只好租地主的魚塭養魚，可是「養殖登記證」是

給地主，不是給真正養魚的人的，而沒有「養登」，創業很難。

「大部份人還習慣認為要買海裏捕到的所謂活魚才是好的，」白牙年輕人一邊登記旁邊報上來的重量數字，一邊說，「他們不知道，海裏的魚，快抓光了。該吃的就是養殖魚。」

一個漁工抓到兩隻巴掌大的草蝦，水裏高舉着，對我喊：「喂，送給你⋯⋯」

堤上卡車已經裝滿了一籮筐一籮筐還在翻身蹦跳閃閃發光的鯝魚。風很大，吹得電線在空中大幅度晃盪。漁工濕淋淋從水裏出來，爬上堤，準備前往下一個魚塭。

25

海

從魚塭走回村中心，三公里。從中心
再走向村外的海，兩公里。

在鄉村，狗不是拿來寵愛的，他們是
工作的牲畜。油菜花不是種來欣賞的，那
是吃的菜，是炸的油。大海，不是用來沉
思和禮敬的，那是求生存的搏命場域，是
危險和不安的陷阱。

如果所有一命繫之的職業或志業都是
一種「搏命場域」，那麼視覺之美對於藝
術家呢？那麼思想之深、文字之美，對於
作家呢？那麼生命本身之重，對於不堪負
荷的人呢？

天空飄着細雨，遠遠望見堤防。

不過是一個孤單的人望着蒼茫大海；

不過是一隻老狗站在堤防上看着孤單
的人撐一把粉色的傘；

怎麼我覺得，存在之沉重和孤寂之
美，都在這沉默的片刻裏呢？

荒心

不知公里數。因為迷路，走到哪裏是哪裏。

迷路的另一個意思，就是對路着迷。

不要導航了。如果山在左邊，那麼海就在右邊，雖然海被樹林遮住了。那麼我就正在從北往南行。

走在一條空曠荒涼的路上，天空真大，鼻息裏有一陣一陣大海的氣味，知道自己離海很近。既然要往南走，只要海峽在我的右側，方向就不會錯。

後視鏡裏突然瞥見廢墟一角，緊急煞車。怎麼會有廢墟？倒退，回到那個野草叢生的路口。停車下來，開始走路。

　　本來柏油鋪過的路面，破裂了，荊棘
從柏油路面的破口張牙舞爪地鑽出。荒路
盡頭，竟是一個廢村。一條曾經是巷子的
小徑，兩邊是住家，每一家都有個前院，
門板斑駁，橫倒在地上，雜草覆蓋了頹倒
的圍牆，多刺的爬藤從破玻璃窗竄出。

　　一條一條巷子踏過，踩着玻璃碎片。
好大一片廢墟村落，看不到盡頭。

　　是怎樣倉皇的撤離啊，地上還有敞
開的抽屜，黑白照片卡在抽屜的縫裏；牆
角一張坐穿了底的藤椅，壁上留着相框的
黑色印跡，作業簿凌亂一地。處處是生活
的聲光溫熱，可是在這個寧靜得只聽到風
吹蕉葉的下午，藤蔓爬進了客廳，樹根拱

斷了門框，一隻流浪已久的貓，坐在相簿上。這或許曾經是家。

彷彿茶杯還溫，人聲依稀。

小徑盡頭豁然開朗，出現一個街坊小廣場；大榕樹下，老人坐的搖椅、情侶相依的鞦韆、孩子攀爬的滑梯，都在。鞦韆旁豎着三根旗桿，竟然還有兩面國旗、一面黨旗，被風撕碎了。

突然竄出一隻狗，吃人似地咆哮衝過來，正要抓根棍子自衛，人聲喝止了猛獸。竟然有人。

我們在榕樹下聊天。廢墟剩下一戶人家。他在這村裏生，村裏長，天涯漂泊之後又一身孑然回到村裏，現在老了，打死不願離開他的村。

「這就是我的家，我的村。」他說。

「小時候，」他幽幽說，「每個村子裏的男孩子都有雄心大志，以為只要拚，

世界就是你的，你有一天會衣錦還鄉，回
來娶那個女孩，照顧父母、榮耀家族，但
是，一走出去，就知道──世界不是你想
的那樣。你一離開村子就發現，原來，爸
媽沒告訴你：你比籬笆外面所有的人，都
矮。」

　　這時，一隻紅冠鮮豔的公雞，氣宇軒
昂地飛上了牆頭，就停在那被風颳成破布
的國旗和黨旗旁邊。

不動

溪畔，直走橫走，往西走，往東走，悠悠徐行五公里。

天微微亮，草原濕潤，一抹飄忽的白霧在草上徘徊，像宣紙上水太多的墨染。

走過一片客家村的墳場。墓碑上塗金的字寫得齊整，幾十世祖先的名字和原鄉都刻在上面，是個攤開在太陽底下、永不過期的戶口名簿永恆版。再怎麼天涯海角、世代漂泊，在心的行囊裏，永遠攜帶着祖先的記憶。

穿過墳場，走進樹林，一條小蛇正從小徑經過，剛好瞥見它灰網紋路的尾巴。

兩株巨大的印度紫檀，滿樹細細碎

碎的黃花盛開。野藤盤樹，結出大紅色的
果，果形像一滴眼淚，於是黃花紫檀樹上
掛得滿滿的、一滴一滴美麗的紅色眼淚。

　　紫檀旁有一群黃鐘木，樹下一塊突出
的樹根，形狀像一隻大嘴鳥。

　　是樹根嗎？太像麻鷺了，應該是鳥。

　　是麻鷺嗎？一動也不動，應該是樹
根。

　　那麼我就站着不動。

　　等吧，樹，鳥，和我。看誰先動。

　　清風吹過，一陣碎花繽紛，樹根突然
動了。脖子悠然向前伸展，標準舞者的動
作。

是黑冠麻鷺。獨來獨往獨處的鳥。

脖子一伸一縮，細長的腳一上一下，
舞着舞着往前行走，一直走到一株油桐樹
下，停住。

油桐樹開滿了白花。風再起，花瓣紛
紛落，那黑冠麻鷺被落花蓋了一臉，彷彿
要停下來看花，又變成樹根，不動。

麻鷺站的地方草太深，不敢踏進。聽
說信徒喜歡來溪畔放生，放的是眼鏡蛇。

時代

上山看雲。遇坍方,繞路在雲中盤旋,車行七十公里,步行七公里。

下山時經過部落。路邊有個小郵局。低矮的一間小屋子,一紅一綠郵筒掛在門口,郵筒下趴着一隻黑狗,用黑白分明的眼睛看人。

郵局小得只能容兩個人在櫃檯前排隊,第三個人就得站到門外了。我就是那第三個人。

第一個是個部落老媽媽,拄着拐杖,她的身份證、私章、取款單攤開在櫃檯上。櫃檯裏面只有一個兩鬢已白的郵務員正忙着數鈔票。數完厚厚一疊,伸手穿過

窗口，交給老媽媽。老媽媽手裏拿着大概
是一萬元的鈔票，也不重數一遍，就打算
轉身離去。

「就這樣拿着鈔票，不怕人搶啊？」
我說。

她笑咪咪地，「我們這裏連小偷都沒
有，不會有人搶啦……」

第二個人是個毛毛躁躁的小青年，皮
膚很黑，眼睛很大，穿着牛仔褲，早就把
身份證、私章、取款單塞進了窗口，不耐
地看着櫃檯後的老先生蓋章，數錢。一拿
到錢就蹦了出去。

輪到我了。

「請問有明信片嗎？」

「明信片？」抬頭看我，大吃一驚的表
情，推推自己的眼鏡，「你要買明信片？」

「很奇怪嗎？」我說，「是的，明信
片。」

「現在沒有人在買明信片了。」

我們楞在那裏三秒鐘，彼此都覺得碰到了一個完全沒有預料到的人生大問題，我不知怎麼接話，他不知怎麼處理。

正想說謝謝轉身離去，他已經推開椅子站了起來，喃喃自語，「我……找找看。」

幸好我身後沒有人排隊。他起身走到後面的櫥櫃，翻開一個又一個抽屜，在紙堆中翻找。在這期間，一隻黑貓躍上櫃檯，鑽進窗口，跳到他剛剛坐着的椅子上，端正坐下，我們對看。

好一會兒，他弓着背回來了，沮喪地宣告，「這個時代喔，沒有明信片了。」

「你說時代嗎？」我想確認有沒有聽錯。

「是啊，」他把黑貓推走，「我說時代。」

郵票

「好的。那——請給我六張郵票：一張寄台灣、一張寄北京、一張香港、兩張英國、一張奧地利。」

他緊張了，忙不迭說，「慢一點慢一點，現在根本沒有人買郵票了，我都不知道郵票在哪裏了，你等一等，我要去找……」

他又回到小小房間的角落裏，拿了鑰匙，打開一個像保險箱的櫃子。

捧着一盤花花綠綠的郵票回到櫃檯，再度坐下。我感覺到，他和我一樣欣喜萬分。

「你說要寄哪裏？」

「一張本地、一張北京、一張香港、

兩張英國、一張奧地利。」

　他明顯地開始冒汗，有點結巴，「慢一點慢一點，記不住那麼多，一個一個來。」

　「好，」我說，「台灣一張。」

　他低頭找郵票，「寄台灣五塊錢。」

　翻來覆去一會兒，看着郵票似乎自己也覺得新奇，他遞過來一張郵票，上面是枸杞的彩色圖片。

　我把這張郵票沾點口水，貼到一張卡片上。

　「寄北京一張。」

　他埋頭在那亂七八糟的盤子裏尋找了好一陣子，最後放棄了，搖頭嘆氣，「真

的沒有人在買郵票了。我不知道多久沒有賣郵票了⋯⋯我知道大陸一張九塊。可是就是找不到四塊的郵票。你乾脆買兩張五塊的好不好？」

給他帶來這麼大的麻煩，實在抱歉極了，趕忙說，「當然好啊。」

兩張枸杞，立刻貼上。

「一張奧地利。」

「澳大利亞⋯⋯」

「不是澳大利亞，是奧地利。」

「澳大利亞──」他念着念着，怕自己忘記，「大洋洲──」。

「不是大洋洲的澳大利亞，是歐洲的奧地利。」

他無法分心理會我，聚精會神從抽屜裏翻出一個陳舊的本子，開始翻找，顯然裏頭記載着寄往全世界的郵票價格，以洲來分。

看他的手指從亞洲翻起，我真着急了。

「不是大洋洲，」我說，「是歐洲，歐洲，是奧。地。利，不是澳洲，不是澳大利亞……」

他仍舊在翻小冊子，自說自話，「好，奧地利，奧地利……唉，找不到，還是查電腦看看。」

他開始看桌上的電腦螢幕；我的身後已經排了好幾個手持存摺的部落鄉親，男女老少都有，排到人行道上去了。

他一面盯着電腦找「奧地利」，一面耐心說明他的困境，「不知道多久沒有人來買郵票了，這實在比較複雜……」

製造了這麼大的問題，看看後面排隊的人越來越多，進退維谷，簡直就想跟他磕頭，突然靈光一現，「奧地利不要找了，你找德國比較簡單，就找德國吧，奧

地利在德國隔壁。」

　　他抬起頭來瞪我一眼，意思是，怎麼這麼沒專業精神，無論如何都要找到奧地利。

　　排在我後面的一個老人說，「奧地利那麼遠，當然要找很久，你就讓他慢慢找，我晚一點再來好了。」

　　老人後面那個部落青年說，「反正都是外國，隨便用一張就好了。」

　　「找到了，」老郵務員大叫，「奧地利找到了。十二塊。」

　　他興高采烈，我以為他接着會要我買三張五塊錢的枸杞，結果他豪氣地遞過來一張郵票，十二塊，是「光果龍葵」的圖像。

　　「你剛剛說還有哪裏？」

　　「兩張倫敦，」我快速地答，「但是不要找了，歐洲一定都一樣，就給我十二

塊的兩張吧……」

他斟酌了一下，「倫敦——倫敦跟美國大概不一樣……」

「不一樣，不一樣，」我大叫，「你就用十二塊，算歐洲的啦。」

這回從善如流，直接遞過來兩張光果龍葵。

「你剛剛說還有哪裏？」

「香港，」我說，「不要找了。香港應該跟北京一樣，九塊錢，你沒有四塊的郵票，就給我兩張五塊的枸杞吧……」

一個穿着綠色制服的郵差站在我旁邊等了好久，這時插進來對郵務員說，「你太忙，那我等一下再來拿郵件。」

老郵務員卻突然變得超級俐落，快手快腳抓起桌上一綑橡皮筋綁着的郵件，遞給了郵差。

趁這時算了一下郵票錢總數，快手快

腳找出六十塊加一個一元硬幣，放在櫃檯上。

　　離開郵局時差點踩到那隻黑狗，他懶洋洋地看着我，和我的時代。

霞

一封信，走了八百六十公里加三百七十六公里。合肥到台北，然後台北到屏東。

今天收到。不急着拆信看裏面，因為單單是信封上的手寫字，花花一片，就讓我看了半天。

寄信人認真貼了四張郵票，花了四塊人民幣。寄自安徽。

收信人是我的名字，但地址是這麼寫的：

台湾西部
屏东县潮州村 东港溪畔河流
菜市场 粉面馆附近
拜托 早上 5.钟派信

可以吗 拜托了

（收信人，可以问问附近村民应该知道）谢谢，不好意思

確實常在清晨五點到東港溪畔走路，但是，東港溪長四十四公里，哪個溪畔？

確實偶爾會去市場的麵攤吃早點，但是有好幾個市場，每一個市場都有好多個「粉麵館」。

部落裏的郵局，連郵票都找不到呢，這信怎麼會到了我手裏？

一封虛無縹緲的信，安徽的某個郵局還是正經八百地在信封上蓋了戳印，把它發出了。這封信離開了安徽以後，是不是得先送到北京、上海，或廣州呢？跨過海峽，離開彼岸，到達此岸，一定先送到了台北或高雄，然後台北或高雄的郵務人員再把信發到屏東潮州。

信到了屏東潮州以後，潮州的郵務士

怎麼分信呢？他不可能沿着四十四公里的東港溪去找人，也不可能早上五點到市場的麵攤去打聽吧。

信封上貼着一張「中華民國郵政投遞掛號函件收據」，上面有幾個字：

請投：

XX 路 xxx 號

　簽名：稽查 943

海那邊的郵局一本正經地發出，海這邊的郵局規規矩矩地收信，兢兢業業地查找。我拿着信站在陽台上，剛好看到海峽上正在落日，漫天紅霞。

31

黑熊

山中迷路。不知里程。

　　真的應該換四輪驅動的車了。昨日在山中跟着導航走，先是直直駛入了鳳梨田，進退不得。後來看到一條芒草覆蓋的野路，異常美麗，賭一把，駛入，越走越窄，直到路斷，想撤出時，連轉身的空間都沒有了。

　　已近傍晚，天色急速變黑。前面突然看見一個「施工中」的牌子，路封了，必須繞道找出路。

　　大山中繞路，一繞就是九彎十八拐，不知不覺已經闖入了另一個山頭，不知身在何處。導航也迷亂了。

山越深，天暗得越急，好像有人
「唰」一聲放下了簾子。黑掉。

一千多公尺高的深山中，部落因風災
而遷走，留下廢棄的房子、頹敗的街道。
孩子的鞦韆掛在兩株老樟樹間，淒涼的晚
風吹着擺盪，空村沒有一扇亮着的窗，沒
有可以問路的人。

狹窄的小路險險懸在山壁上，一路野
草覆徑，雜樹遮天。蒼茫中可以辨識下面
深谷裏細細長長如緞帶的一灣溪水，在樹
叢掩映下隱隱發白。

漸漸發現自己在繞圈圈了，分不出東
南西北，這不是剛剛走過的岔路嗎？不是
出山，反而更往深山行，濃黑的樹叢散發

鬼魅的迷幻。

　　天，全黑。雨打下來，車窗一片迷濛。

　　如果真的找不到出山的路，在車裏要如何過夜？回頭看後座，連一條圍巾都沒有。

　　前面突然出現一個微弱的摩托車的尾燈。是個穿着雨衣、戴雨帽的人，車後載着重物。

　　緩緩靠近他，按下車窗。

　　「下山怎麼走？」

　　雨打在他臉上，聲音穿過雨幕，「太多彎路了，要翻過這座山，往下穿過溪底，很難說明耶……」

　　雨打進車內。

　　「這樣，」他說，「跟着我走吧。」

　　一盞時明時滅的雨中尾燈成為暗夜導航，曲曲折折十五公里，終於把我帶到大

溪出山的地方。

他停下車，回頭確認我知道接下來怎麼走。

溪水因雨而暴漲，水聲嘩啦夾在雨聲淅瀝中。

「你往哪裏去？」我問。

「回家，枋寮。」

啊，那是海邊，方才明白，為了帶一個孤獨迷路的陌生人出山，他偏離自己回家的路，很遠。

「你在山裏做甚麼呢？」

「我是森林護管員。」

「對不起，耽誤你回家吃晚飯了。」

「放心，不是你耽誤的，」他認真地說，「我是因為在山上看見黑熊，所以跟蹤了一段時候。」

家門口一棵南洋杉

12/10

32

牛奶

平常少走的溪北岸，甜根子多，鷺鷥多，馬纓丹多，白頭翁多。來回行走五公里。

下午五點，落日可以直視，就是一顆朦朧紅透的大蘋果，慢慢地往草原的地平線溫柔降落。白頭翁在檳榔樹的香氛裏大聲唱歌，鷺鷥張開雪白的翅膀掠過甜根子的白頭。牛群也知道，黃昏是回家的時候，三三兩兩往大橋下過夜的地方走去。

這隻牛，怎麼不跟夥伴往前走？

她的繩子被固定在一個插入地下的長鐵釘上，無法前進，孤單地站在那裏。她

的肚子很大，肚子下面的奶巨大，膨脹。

　　昨天才聽一個養豬人說，母豬常生一
窩一、二十隻豬仔，但是奶頭只有十四到
十六個，有些豬仔吃不到奶，就會死。而
牛有四個奶，卻只生一頭小牛。

　　此刻駐足細看，才知道，養豬人描述
得不準確。母牛不是有四個奶，而是，她
的肚子下面有好大一包奶，那包奶長了四
個奶頭。幸福的牛寶寶是可以極盡奢華地
一個奶頭一個奶頭輪流吃，但是都來自於
那一包奶。

　　「水破了。」後面有個人說話。原來
不只我一個人駐足。

　　一部份胞衣已經露出，她真的正在生

產中，就在這溪邊草原上、野路旁、黃昏的大山下。

　不走路了，在草地坐下。天色漸暗，等那個時刻。

天機

　　天色完全黑了，母牛站在溪畔草原上，牛主人得到通報趕到，正慢慢走向她。

　　一個生命正要誕生。

　　列子這麼描述生命：「久竹生青寧，青寧生程，程生馬，馬生人，人久入於機。萬物皆出於機，皆入於機。」

　　意思是，不長筍子的老竹生出了青寧蟲，青寧蟲生出了豹，豹生出了馬，馬生出了人，人老了死了又回歸天機。萬物都出自天機，又回歸天機。

　　意思是，植物、動物、人，出自同源，又歸至同源，這起點和終點的循環，就是天機。

「天機」嗎？

以色列的太空艙射上了月球，意外墜毀。與太空艙一同墜毀的是艙裏做實驗的水熊蟲。帶水熊蟲上去是因為這肉眼看不到的傢伙在任何情況下都可以起死回生——零下兩百七十二度的絕對低溫可以活，一百多度的滾燙高溫也可以活。十年不給水，讓它乾死，十年後碰到一滴點水氣，它又活了。

月球本來沒有生命，十萬年、百萬年以後，水熊蟲卻有可能成為主宰月球的生物，只是因為人類一個不小心。

難道這也叫「萬物皆出於機」？

也可以這麼說。

因為所謂萬物，包括沒有生命的月球，包括永遠死不了的水熊蟲，包括人類把水熊蟲帶上月球的動機跟行為跟後果。如果水熊蟲在月球因為一個意外而繁殖

了，那個「意外」不也是「天機」的一部份嗎？

　　正在向我爬過來的這隻蝸牛，不問甚麼地活着。

銀光

　　和人一樣，這頭母牛，也是懷胎九月，從早春到深冬，每一個呼吸、每一個跨步、每一口喘息，都在呵護她體內一個柔弱的心跳。

　　這個充滿「邪惡」的世界得以生生不息，恐怕是因為天機用「愛」做繁殖的動力馬達吧？

　　這一種繁殖下代的愛，人類稱之為「母愛」。和平輩之間的愛不同，男女情愛、兄弟愛、朋友愛，都可能有嫉妒和自私作祟，繁殖所產生的母愛，卻往往無怨無悔、不離不棄，如泉湧，如月照，如草生，如一滴露水落在荷葉心……

　　分娩中的母牛一直站着，不時回頭看

小牛要出來的地方。

其實，上星期見過她。

溪畔是片沼澤，白頭甜根子高，黃花
決明樹矮，欒樹的黃花紅果參差，溪水被
夕陽染成金色，白鷺鷥跟着黃色的牛，牛
群在彤光裏搖着尾巴低頭吃草。

突然瞥見一線銀光流動。

是一隻牛，灰色，但是背脊上一縷銀
光，使得她在牛群裏彷彿郎世寧的駿馬突
然出現。

停下腳步看，才發現她乳房腫脹，這
時一旁有人説話，「伊要生了……」

説話的是那個每天騎着摩托車在溪畔

穿梭顧牛的人。他的身旁還有好幾個村子
裏的男人，都是溪畔的熟面孔。

郎世寧的銀光牛——忍不住問，「可
以——可以買她嗎？」

一個人回答，「九萬五。」

另一個人搖頭，「九萬五太貴了，九
萬給她啦。」

第三個人說，「不行啦，馬上要生
了，九萬太少。」

「那到底多少錢呢？」

「九萬啦，九萬就賣。」

已經搞不清楚誰是誰了。三個人各說
各話。

「你們誰是牛的主人？」我問。

一問之下，三個現場喊價的，都不是
牛的主人。他們是牛主人的朋友。

「馬上要生小牛，你等到小牛生出來
再買，那時就是兩隻牛，那就更貴了。」

有人説。

「母牛可以馬上賣掉，把錢賺回來。小牛長大也很快。」有人説。

「你買牛要幹甚麼？賣台南嗎？」

「不賣啊，」我説，「讓她在這個草原活一輩子。」

他們突然安靜下來。

但是，「擁有」一頭牛的意思究竟是甚麼？

不擁有她時，我跟她的關係是：日落時來到溪畔，遠遠地看她在粉紅餘暉裏背脊一絲銀光閃閃。

擁有她時，我跟她的關係是：日落時來到溪畔，遠遠地看她在粉紅餘暉裏背脊一絲銀光閃閃。

那麼為甚麼要擁有她呢？

只有一個不同：買了她，如同古時為一個特別美麗的青樓女子贖身，從此她跳

脱了被轉賣、被屠殺的未來。

可是，救得了她，救不了其他的牛。那些女子仍在青樓裏。所以，甚麼意義呢？

猶豫之下，黃昏已逝，天暗下來，一場七嘴八舌的論價，最後真正的主人也沒出現，鄉人無聊，餓了，也就散了。

生

夜色模糊中牛主人和一群幫手已經涉過草叢，走到產婦身邊。銀光牛似乎有點害怕，不安地來來回回踱着腳步，兩個男人開始用手去拉已經伸出腳來的嬰兒，黑暗中傳來男人「嘿吼嘿吼」使力的叫聲，然後，嬰兒噗一聲，重重落在草地上。

「幹你娘，是公的。」牛主人大聲宣佈，幫手同聲喊叫，「幹你娘，公的啦。」

聽起來是喜悅的讚嘆。

嬰兒趴在地上，銀光牛整個身子回過來，把頭低下，用舌頭一舔、一舔，把嬰兒身上潮濕的、沾着血的胞衣舔了乾淨。白色的胞衣竟然有一公尺多長，一端裹在

嬰兒身上，另一端，還在母牛自己失血的身體裏。

　　幾天後，走過溪畔，隱隱覺得大橋下堤防後有一團金色的光。

　　走近看，是一隻嬰兒牛，全身還是濕漉漉的胎毛，睜着清澈無比的眼睛，看着我。

　　牛媽媽，背脊一抹銀光，站在小牛後面，正用溫柔的眼神召喚他過來吃奶。

同代

　　從南往北走，南邊是墨西哥，北邊是加拿大，加州海岸線總長 1,350 公里，我走其中的十公里。

　　在第八公里處的海濱，有一個長條的木棧道，坐下來。突然一條大得像隻船的魚躍出海面，嚇一跳，不禁喊出聲：鯊魚嗎？

　　旁邊釣魚的人笑了：不是，海豚啦。

　　緊接着就看見幾十隻海豚在海裏翻浪。海水墨綠，一股白浪滾滾湧動，緊接着海豚群就像鋼琴音符一樣躍出海面。

　　這些海豚，幾歲了？正在陽光下歡悅的他們，可以活多久？和我的生命期交疊

多少？

　　如果一群動物和我這個人類同時出生，一起長大，那麼，

　　我三歲，老鼠就死了；

　　我六歲，兔子就死了；

　　我七歲，紅頭髮的狐狸就死了；

　　我十四歲，那頭狼就死了；

　　十七歲那年，那每天在我床上打呼的貓咪就死了；

　　我的雞們，卻可以等到我十九歲才離開；

　　二十六歲那一年，脖子一圈白的海鷗，死了；

　　三十一歲那一年，夜裏孤獨呼喚的貓頭鷹死了；

　　三十八歲我自己步入中年時，童話故事裏長命百歲的丹頂鶴，死了；

四十九歲那一年，我已經半頭白髮，院子裏闊步行走的大白鵝，死了；

五十九歲，我還能一天走一萬步，但是那凝視着我、眼睛含着愛和哀傷的大象，死了；

接近七十歲，開始不確定我自己還有多少時間的時候，那海豚也老了，準備離開，倒是母虎鯨可能還有二十年。

我們這一整代人和獸都離開了這個地球之後，與我們同年出生的海龜，可能還要獨活七十年，在深深的海洋裏。

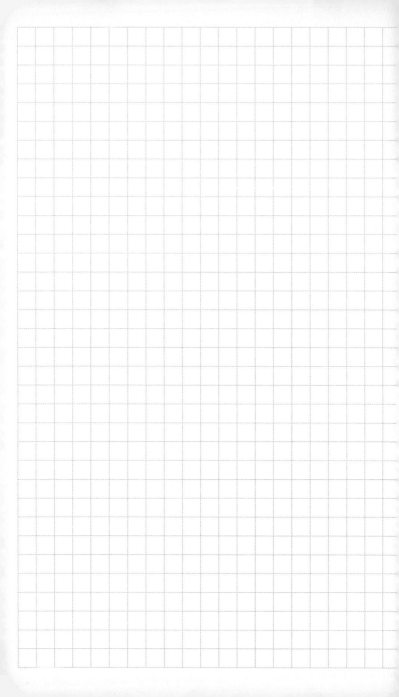

窗口

　　從堤邊回來，特別繞道去看一株巨大的苦楝樹。於是多走了一公里半。

　　苦楝樹花開滿樹，淡紫混着粉白，風吹碎花繽紛落下，又紛紛飄往河面。

　　回程在一扇窗前停住腳步。

　　一隻貓從屋裏突然躍上窗台，往外凝視。

　　錫葉藤在白牆上沿着竹子攀爬，陽光把葉子和竹子投影映在牆上，飄忽葉影與濃綠的葉片交織，風動，葉影和葉片在光裏虛實搖晃。

　　貓睜大眼睛，注視這風、這光、這葉、這藤、這竹、這忽靜忽動、忽明忽滅。

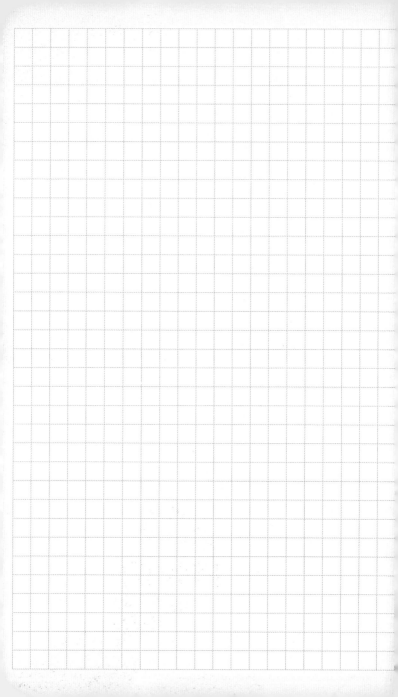

斷

斷網。

坐在黑暗裏，細細看。

黑。

耳朵習慣了黑以後，就聽見遠處的海濤澎湃。

嗅覺在黑暗中更分明地辨別了七里香的聞香方向。

眼睛習慣了黑以後，就看見椰子樹上的天空，星星如此繁密卻又粒粒清晰，彷彿有人用盆子裝了星星，翻過來把所有的星星往椰子樹亂倒一通。

你也可以

- [ ] 21. 去草地上找到兩隻你認為長得一模一樣的蚱蜢

- [ ] 22. 走到一個熟悉的街廓,用完全陌生的眼光看每一條街

- [ ] 23. 走在你的城市裏,腦裏記下行道樹的種類

- [ ] 24. 候機、等車的時候,體會流動的每一分鐘

- [ ] 25. 跳上一輛剛好進站的巴士或列車,在一個沒到過的站下車,走路兩小時

- [ ] 26. 到溪邊,到山上,辨別蘆葦、甜根子、芒草

□ 27. 讓狗帶你去散步，他停你就停，他走
　　　你才走

□ 28. 泡腳時，看你的腳

□ 29. 美容院裏洗頭時，閉眼，聽每一個人
　　　說話

□ 30. 走進一家中藥店、一家五金行，問看店
　　　的人五個「這是甚麼」

籬笆小洞

從文心蘭農場走到郵局，四公里。

有一天，剛剛搬來的小男孩在家後院玩，發現籬笆上有一個小洞，看不見另一邊，但是顯然另一邊的人發現了他的存在；一隻小孩的手從洞裏伸了過來，手裏抓着一隻毛色舊舊的小綿羊。他靠近時，那隻小手迅速縮回去，留下了那隻綿羊。小男孩取下綿羊，把眼睛貼在洞上，拚命想看籬笆的另一邊，已經看不見人。

小男孩衝進屋裏，拿了他自己最愛的一顆沾滿松脂的裂口松果，又奔回那個洞，把松果放進洞裏。

他從沒看過那隻綿羊的小主人，此後

一生也不知那是誰，但是小男孩轟魯達長大以後，有一天在接受諾貝爾文學獎的時候，致詞說，「這個經驗使我第一次明白了一個珍貴的概念：不管怎麼樣，人類是相依相靠的。我用一個有樹脂和泥土香氣的東西去換得人與人之間的情感連結。」

森林裏走路，草原裏看星，菜田裏採瓜，果園裏摘果，魚塭裏撈魚，深山裏迷路；土地給我糧食給我泉水，給我樹蔭給我花香，給我海洋給我溪流，給我藍天給我陽光，給我村莊給我黃牛……我自己不就是站在「籬笆小洞」這一邊接受賜予的人嗎？

能夠回饋給籬笆那邊的，就是帶着最純淨的、孤獨而完整的「自己」，專注地報以無窮的好奇和深刻的認知，讓「自

己」重新認得生命的來處。

從早晨的陽台望出去，鎮外有山，山上有雲；我認得陽光透過雲的破洞打下來的聚光之處是排灣族的武潭村。我認得村裏的獵人，獵人認得他的森林，森林認得它的山豬，山豬認得它的野薑花，野薑花認得身旁的鬼針草，鬼針草認得它的蟋蟀，蟋蟀認得它的泥土，泥土認得土裏的蟬蛹。

走到文具店買了一張卡片，再晃到郵局買了兩張五元枸杞郵票，貼上，然後就站在郵局的櫃檯邊，給朋友寫幾句話，算是一個「走路實踐」報告：

如果玫瑰認得雨

如果葉子認得風

如果蜜蜂認得香

如果蚯蚓認得土

那麼山坡上
今天開放的茶花
認得昨晚的露水
那麼走路的我
找得到我

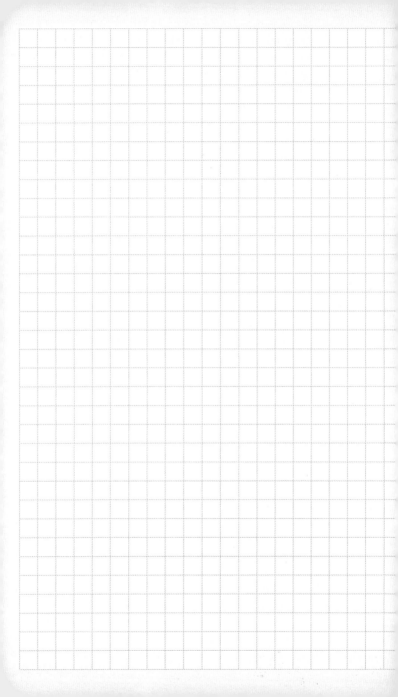

後記

洗澡唱歌電繪文章

我是個完全不會畫畫的人，對我畫畫的朋友們充滿正能量崇敬，對作家朋友兼能畫的則充滿負能量嫉妒——老天不公平，怎麼能賦予一個人兩種重大天賦。

走路的時候，文學的眼睛看見山的磅礴、雲的飄渺，看見荷葉上紅蜻蜓的翅膀透明、草地裏金龜子的驚紅駭綠、貓兒躍上窗口眼睛圓睜的閃電一瞬，我着迷地拍下，回家就畫。

可是我的畫，就是沖澡時混在蓮蓬

水聲裏唱的口齒不清的歌、微醺時跟狗在陽台上牽爪亂跳的舞，不是為了給人觀賞的。

我又是個科技迷。好友童子賢知道我愛玩新科技，送我一個「玩具」——iPad Pro。把玩的時候偶然撞見了 Procreate 這個繪畫軟體，好玩啊，玩玩看，沒想到一玩就沉迷了。清晨三點不知為何突然醒來時，抓起床頭的平板就開始畫，畫到雞叫了，天亮了，兩眼發直了，手臂抬不起來了，才不得不放下。

在「玩」的過程裏，一直鼓勵我、幫助我的，是王貞懿和黃珈琳。他們使得對畫畫一向「自卑」的我，認識到一件事：蓮蓬頭下的隨興唱歌、陽台上牽狗的微醺

亂舞，本來就是生活。

生活，不就是藝術的核心嗎？

「做一件超過的事」，是我六十歲時
期許自己的功課，每年至少要做一件可能
超過自己能力或耐力或心力的事。六十歲
那年去擔任文化部長，負重任勞，是一個
不容易的決定。六十五歲再攀北大武山，
是那一年的立志。七十歲，電繪配文章，
也是在磨感覺、練膽量，和我恐懼蛇卻要
求自己去深深注視蛇、害怕海卻去海裏浮
潛、划海上立槳一樣，都是在沉思自己的
極限。

做一件「超過」的事，通常也是獨處
時與自己深度對話，才能完成。

獨處實踐 Checklist

☐ 1. 走一條沒走過的路

☐ 2. 去菜市場，跟十個人説話

☐ 3. 去墳場走走

☐ 4. 在路邊一棵樹下，坐着

☐ 5. 找到沒有光的地方

☐ 6. 了解一種作物

☐ 7. 走進一方田

☐ 8. 跟着水聲走

☐ 9. 了解一種動物

☐ 10. 了解一株樹

☐ 11. 發現一件驚奇的事

☐ 12. 認識一個從前不認識的人

☐ 13. 去一個沒去過的村子

☐ 14. 跟着一條溪，往上游走，往下游走

☐ 15. 問一個從前沒想過的問題

☐ 16. 親手寫封信，走到郵局寄出

☐ 17. 踏入一片空曠田野

☐ 18. 進入一片森林

☐ 19. 窗口有一隻貓，凝視

☐ 20. 斷網，坐在黑暗中，看

☐ 21. 去草地上找到兩隻你認為長得一模一樣的蚱蜢

☐ 22. 走到一個熟悉的街廓，用完全陌生的眼光看每一條街

☐ 23. 走在你的城市裏，腦裏記下行道樹的種類

☐ 24. 候機、等車的時候，體會流動的每一分鐘

☐ 25. 跳上一輛剛好進站的巴士或列車，在一個沒到過的站下車，走路兩小時

☐ 26. 到溪邊，到山上，辨別蘆葦、甜根子、芒草

☐ 27. 讓狗帶你去散步，他停你就停，他走你才走

☐ 28. 泡腳時，看你的腳

☐ 29. 美容院裏洗頭時，閉眼，聽每一個人說話

☐ 30. 走進一家中藥店、一家五金行，問看店的人五個「這是甚麼」

作者簡介

　　作家。曾任文化部長。2015年為香港大學「孔梁巧玲傑出人文學者」。2017年移居台灣屏東潮州鎮，開始鄉居，行走於鳳梨田、香蕉園、大山大海之間，與果農、漁民、獵人、原住民為伍。2021年開始在太平洋畔、台東都蘭山中生活。

攝影：王冰

龍應台作品

《傾聽》

《大江大海—1949》

《請用文明來說服我》

《天長地久—給美君的信》

《龍應台的香港筆記》

《親愛的安德烈》

《孩子你慢慢來》

《野火集》

《目送》
（十週年珍藏版）

《大江大海—1949》
（十週年珍藏版）

《龍應台的香港筆記》
（十五週年珍藏版）

《美麗的權利》

《目送》

《大武山下》

書　　名　行走 獨處的實踐

作　　者　龍應台

全書繪圖　龍應台

責任編輯　陳幹持

美術編輯　郭志民

出　　版　天地圖書有限公司

　　　　　　香港黃竹坑道46號

　　　　　　新興工業大廈11樓（總寫字樓）

　　　　　　電話：2528 3671　傳真：2865 2609

　　　　　　香港灣仔莊士敦道30號地庫（門市部）

　　　　　　電話：2865 0708　傳真：2861 1541

印　　刷　亨泰印刷有限公司

　　　　　　柴灣利眾街德景工業大廈10字樓

　　　　　　電話：2896 3687　傳真：2558 1902

發　　行　香港聯合書刊物流有限公司

　　　　　　香港新界荃灣德士古道220-248號荃灣工業中心16樓

　　　　　　電話：2150 2100　傳真：2407 3062

出版日期　2022年1月／初版・香港